IL PROFUMO ARANCIONE

Racconto Breve Rosa

KAREN VITTORINI

Tutti i diritti riservati.

Era un giorno uggioso, uno dei tanti in questo periodo autunnale. Era sabato e con tanta voglia avrei voluto immergermi nel mio giorno libero, assaporando l'ebbrezza di una pigrizia liberatoria.

Lavatrice? Può aspettare!

Biancheria da stirare? Può aspettare!

La polvere? Non si nota; non c'è mica il sole per ricordarmelo.

Pranzo da preparare? Vediamo se c'è rimasto qualcosa nel frigo, altrimenti anche una pizza sotto casa andrà benissimo.

Purtroppo, questo sabato non era uno di quelli.

L'appartamento, al secondo piano di un vecchio stabile in periferia, dava i segni di cedimento. Il suo colore incerto, tra un bianco panna, grigio sporco o meglio dire, vissuto, era il mio rifugio dei sogni. A ricordarmelo ogni mese c'era il mutuo, perché *se la rata non la pago me lo sogno eccome.* Due stanze minuscole arredate con mobili presi al mercatino dell'usato. I ninnoli allineati sulle mensole, che da chissà quanto tempo gridavano aiuto sotto il peso della polvere, non reggevano più. Il letto poi era una storia a parte. Non mi era mai piaciuto, ma essendo il regalo della mia povera mamma, non potevo farne a meno. Se lo avessi buttato via sarebbe stato come buttare via una parte di lei. A dire il vero, la testata rosa con il dipinto della principessa e il principe azzurro non era proprio il mio genere, ma per mia madre io ero sempre rimasta la sua piccola principessina. D'altra parte si trattava solo di un semplice letto, ci dormivo e basta. Poi, visto che a trentacinque anni ero ancora "single", poteva darsi che quel principe azzurro che mi fissava tutte le sere mi avrebbe portato fortuna. L'unico cambiamento che avrei voluto apportare era quello di incollarci sopra la faccia di qualche bellimbusto, presa da una di quelle riviste "fighe" che si vedono in giro.

L'ho feci! Adesso sì che potevo andare a letto contenta! La faccia sexy del macho moro, con quei due occhioni verde magnetico, mi faceva venire i brividi lungo la schiena, soprattutto d'inverno, quando si guastava il riscaldamento del condominio.

Ehilà, sveglia! È l'ora di alzarsi; il giorno nuovo ti aspetta! E altrettanto le ore indimenticabili da impiegata nell'ufficio informazioni di un ente locale. Ma perché proprio oggi cadeva questa apertura straordinaria? Di sabato? Dalla gioia mi sarei infilata sotto il letto; però il ventisette di ogni mese era vitale per la mia esistenza.

Il mio pigiama XXL gridava vendetta; l'avevo comprato ai saldi e, siccome era l'unico pezzo rimasto, anche se portava qualche taglia in più e ci sguazzavo dentro, non ci avevo pensato due volte a comprarlo, perché era di un morbido invitante e profumava di calduccio.

Un caffè nero bollente, senza zucchero, una fetta di pane con due dita di burro e marmellata erano la mia colazione preferita. Adoravo quel sapore aspro del caffè che si sposava alla perfezione con la dolcezza del burro e della marmellata. La colazione per me era un rituale sacro. Feci una doccia veloce che lasciava lo spazio all'eterno dilemma: *che cosa mi metto oggi?* Il mio armadio piangeva da solo da quanto era deserto.

Dovevo solo stare attenta di non indossare le stesse cose per due giorni di seguito. Alternavo i jeans e la maglietta blu, la maglietta blu e i pantaloni blu, la gonna blu e la maglietta rosa e punto e a capo, finché non esaurivo i giorni della settimana.

Durante il weekend non c'erano problemi, mi consolava il mio pigiamone, perché di uno straccio di fidanzato non c'era neanche l'ombra. Per adesso, ma solo per adesso, il mio portafoglio era salvo!

Eppure, guardandomi allo specchio, non ero affatto male. Fisico snello e proporzionato, capelli lunghi, due occhi grandi grigio-blu e un sorriso stupendo. Dovevo però ricordarmi di non specchiarmi subito dopo la colazione, perché la marmellata di more mi guastava quella visione da top model. Un po' di mascara nero, la giacca nera stretta in vita ed ero pronta per nuove avventure.

Per adesso mi accontentavo della corsa in autobus fino al terminal e quindici minuti a piedi, fino all'ufficio. Ogni giorno mi immaginavo la stessa scena: entravo nell'autobus e scorgevo un bellissimo ragazzo moro con due occhi verdi che mi spogliava con lo sguardo. Io facevo finta di niente, ma una volta scesa dall'autobus lui si avvicinava, mi prendeva per mano, pregandomi di fuggire con lui. Purtroppo, la favola aveva solo la durata della corsa dell'autobus; quando finalmente aprivo gli occhi, davanti a me, non di rado, trovavo qualche tipo sciatto, rozzo che non si copriva neanche la bocca con la mano mentre sbadigliava selvaggiamente. E, se ero fortunata, non era un fumatore incallito, altrimenti già al primo sbadiglio la fuoriuscita dei fumi raffermi, provenienti dalla cavità della sua bocca marcia mi avrebbe steso.

"Fatemi passare, per favore, devo scendere!" Ogni giorno la stessa storia, la gente spalmata sulla porta che non si scostava di un centimetro e, ogni volta, c'era una battaglia durissima da vincere.

"Finalmente sono salva! Andiamo avanti, il peggio è passato, adesso devo affrontare il resto!"

“Ciao Bianca, che bello vederti, oggi siamo di turno solo noi due!”

“Ciao Ornella, anche tu di sabato qui?” chiedevo allarmata.

Uffa, proprio di sabato doveva toccarmi il turno con Ornella, la pettegola più accreditata dell’ufficio. Adesso dovevo sorbirmi tutte le sue chiacchiere e far finta di ascoltare. Il mio sabato ormai era rovinato.

Ornella era una signora sui sessant'anni, divorziata da dieci, con due figli grandi. Il suo passatempo preferito erano i romanzi rosa e i rotocalchi, che il suo giornalaio di fiducia le metteva meticolosamente da parte. Comunque, lo sport che l’appassionava di più, erano i due “chi”: “chi, ufficiale“ e “con chi, ufficioso” e, delle due, la seconda era molto più succosa.

I suoi capelli rosso stinto erano il punto focale del banco informazioni e non appena si aprivano le porte, il suo collo si allungava a dismisura per squadrare il malcapitato. Se entrava qualche persona straniera che non parlava italiano la "cedeva" volentieri a me, perché dell'inglese non sapeva che *"tenkeju"* ed *"elloo"* che suonavano più come un tedesco italianizzato. Non portavamo le uniformi al lavoro; bastava un semplice cartellino con il nome scritto a mano e una foto sbiadita, il tutto appeso a una di quelle cordicelle sponsorizzate. Oggi non era neanche vestita male o, dovrei dire, vestita in modo alquanto decente perché di solito portava le camicie con una scollatura abbondante.

Rimasta incinta a vent'anni si era dovuta sposare in fretta perché, all'epoca, le ragazze madri erano considerate di dubbia moralità. Il marito tutto quello che guadagnava lo spendeva in alcol e donne. Ornella aspettò che i figli fossero cresciuti e poi diede il benservito al marito, che ormai era diventato un peso insostenibile e, finalmente, iniziò a vivere. Abbandonate le vesti di moglie trascurata, iniziò a curare il suo aspetto personale in cui si rispecchiava tutta la sua giovinezza repressa. Più di una volta mi ero offerta per accompagnarla a fare lo shopping oppure la invitavo a prendere un caffè insieme. Lo facevo più che altro spinta dallo spirito di sorellanza tra donne che per un'amicizia vera e sincera.

Qualche volta aveva solo bisogno di compagnia per non vagabondare da sola nei centri commerciali oppure di avere qualcuno di fronte mentre beveva il caffè, facendo finta di chiacchierare, mentre passava ai raggi X tutti gli uomini presenti. E io le reggevo il gioco. Mia mamma mi chiamava la piccola crocerossina. Può darsi che il mio destino fosse quello di proteggere gli altri.

Mio padre non l'ho mai conosciuto. Avrei voluto una figura paterna che mi portasse ai giochi, che mi coccolasse quando la mamma era arrabbiata, che mi facesse da guida nel mondo maschile. Niente di tutto ciò. Ogni volta che facevo le domande su chi fosse mio padre, mi scontravo con il silenzio assordante di mia madre. Non volevo ferirla, volevo solo dare delle risposte alla mia parte mancante. Adesso le dovrò cercare da sola; la mia amatissima mammina se ne è andata e, con lei, tutte le mie domande, alle quali avrei voluto dare delle risposte.

D'un tratto sentii bussare forte sulla parete di vetro.

“Signorina, mi sente? Sono due ore che la chiamo. Devo andarmene via? “

Uffa … ma Ornella dov’è sparita?

I rompiscatole toccano sempre a me. Non mi ero resa conto che stavo vagabondando nei miei pensieri. Mi devo dare una calmata, sto sognando a occhi aperti.

“Posso esserle utile?” risposi, cercando di addolcire lo sguardo.

Diedi uno sguardo veloce all’orologio, giusto per vedere quanto mancava alla “libertà” e, visto che il tempo scorreva lento, decisi che tanto valeva dedicarsi ai clienti noiosi.

“Bianca, ci sei per un giretto al centro commerciale?” mi chiese Ornella quasi supplicando, mentre uscivamo dall'edifico "Dai, prendiamoci un caffè, così ti aggiorno sulla mia situazione attuale."

Non ero tanto entusiasta, ma la giornata del sabato era troppo bella per rintanarsi subito in casa e così accettai. Il rituale era il solito: tazza di caffè fumante davanti a noi e tanto monologo di Ornella tutt'intorno. Ogni volta mi chiedevo come facesse a girare la testa a trecentosessanta gradi, sorseggiare il caffè e parlare allo stesso momento. Una donna davvero multitasking; non le sfuggiva neanche un particolare. *E se le chiedessi di farmi un po' di formazione?* Sorrisi solamente per aver pensato una cosa del genere.

"Bianca, guarda che bel ragazzo! Un tipo niente male! Dai, sorridi! Sono già diverse volte che lo vedo gironzolare qui, da solo, e questo vuol dire una cosa sola mia cara! È sulla piazza! Buttati!"

Buttarmi? E dove?

Semmai affogarmi dalla vergogna nella minuscola tazza di caffè. Certe volte è veramente senza ritegno.

Certo è che il bel ragazzo si era accorto di noi e sorrideva pure; purtroppo non solo lui. Dai gesti e dalla voce stridula di Ornella ormai tutte le persone al bar e tutto il centro commerciale avevano capito che ero una single sfigata. Era meglio rimediare e anche velocemente.

"Dai Ornella, andiamo a fare un giro, vorrei vedere qualche negozio nuovo," dicevo io impaziente. E aggiunsi: "Mi hai stordita con le chiacchiere."

Il centro commerciale era uno dei tanti che si vedevano in giro: tre piani pieni di negozi firmati e quelli a buon prezzo; bar, paninoteche, piccoli ristorantini etnici, tutto quello che un portafoglio pieno di soldini poteva permettersi. Non come il mio che era abbastanza magro; così, più che fare shopping, guardavo le vetrine.

Ornella mi trascinava da un negozio all'altro, misurandosi i vestiti, complimentandosi da sola per il suo "figurino perfetto", esaltando il seno prosperoso nelle magliette e i vestiti di una taglia inferiore. Mentre tenevo i suoi vestiti, dopo un'ennesima prova in camerino, mi guardai intorno e, guardando fuori da quell'entrata enorme, mi cadde l'occhio su un piccolo negozio appena aperto. Non poteva essere altrimenti perché non l'avevo mai visto prima. Molto curioso, non mi sembrava uno di quei soliti negozi con le creme miracolose per le donne mature, gli attrezzi ginnici con i superpoteri o i vestiti di alta qualità a prezzi stracciati. Non aveva neanche la vetrata trasparente; era tutto dipinto di un colore rosa tenue, con la striscia bianca sulla quale campeggiava un'enorme insegna:

"Essenze naturali: scoprite il vostro lato segreto"

Buffo, ma curioso. Se era una trovata pubblicitaria, aveva centrato il suo scopo.

Lasciai Ornella in mezzo a quel mucchio di vestiti tirati fuori per la prova ed entrai nel negozio accanto. C'era tantissima gente all'interno, tutti curiosi come me. Mi aggiravo tra gli scaffali color rosso, arancione, giallo, verde, blu; la persona che aveva ideato tutto questo aveva un'ossessione per i colori, però non riuscivo ancora a trovare il mio lato segreto. *Sarà meglio che chieda perché mi sfugge il perché di questo posto*, pensai.

"Mi scusi," dissi accennando un sorriso: "Sono entrata per scoprire il mio lato segreto, però credo che me ne andrò senza averlo scoperto."

"No signora, non sia mai! Venga signora, le spiego tutto io."

Si scusava la commessa ripetendo sempre la solita frase, come se avesse saputo quanto mi dava ai nervi quell'epiteto che sapeva di vecchia zitella. Dopo la lotta con alcuni clienti per accaparrarsi la visuale migliore, finalmente una boccata d'aria. Mi portò davanti a uno scaffale arancione, e iniziò ad annusarmi.

Ma, e pensai tra me, *c'è o ci fa?*

"Eccoci! Il mio fiuto è infallibile!" *Ci credo*, pensai ormai rassegnata, mi aveva passato allo scanner olfattivo, "mi dica solo, è sposata, è fidanzata, c'è qualcuno nella sua vita?"

Ecco, ci risiamo; calma Bianca, dicevo a me stessa, *vediamo quello che vuole, poi gliene dico due a modo mio.*

La commessa, come se mi leggesse nel pensiero, dichiarò:

"Sto cercando solo un'essenza adatta a lei, un abbinamento delicato che le spalanchi la porta per una vita sentimentale felice e appagata," pronunciò compiaciuta strizzandomi l'occhio.

Adesso si che ci siamo, ha toccato il tasto dolente; il flacone me lo devo comprare. Chissenefrega degli altri, il mio LUI mi starà aspettando, seguendo la scia della mia essenza arancione. Il mio principe arancione sul cavallo arancione.

Sì! Me ne prendo due, anzi me ne faccio una scorta da cinque, tante volte a qualche altra sfigata dovesse sfiorare l'idea di comprare quest'essenza, per poi soffiarmi il mio tesoro arancione prima che tocchi a me!

“Mmmmmm, lo annusi, questa è perfetta per lei; carota, zucca, peperoncino”.

“Beh, se Lei dice che questo è il tris vincente, perché no?” dissi ad alta voce.

Magari il prescelto saprà apprezzare questo mix culinario molto sexy e si dichiarerà in cucina, mettendosi in ginocchio nel mezzo delle pentole fumanti piene di salsa di zucca, carota e peperoncino!

Ornella! Mi ero completamente dimenticata di lei. Presi la mia bustina arancione e mi fiondai al negozio proprio in tempo per vedere Ornella, paonazza in viso, mentre smanettava mezza nuda dal camerino di prova.

“Scusa Ornella, colpa mia. Mi sono persa un attimo, stavo cercando un vestitino adatto a te.”

“Va bene, va bene, ti perdonerò solo se hai trovato qualche vestitino sexy da farmi provare,”

disse lei calmandosi un po’.

"Ma certo carissima" risposi io in modo sbrigativo, prendendo il primo "straccio" che mi capitò a portata di mano. Stranamente, quel miscuglio di colori le piacque così tanto da comprarlo e, complimentandosi con me per la scelta azzeccata, mi fece promettere, per mia sfortuna, di accompagnarla prossimamente per un altro giro di shopping.

Finalmente un sabato libero. Oggi avevo voglia di vedere un vecchio film, uno di quelli che ti fanno venire le lacrime agli occhi. Non posso farci niente, sono una sentimentale incallita.

Mentre mi vestivo lo sguardo mi cadde sul profumo arancione, quell'essenza sublime che, messa ormai in disparte, iniziò ad accumulare polvere non tanto più divina.

E perché no, pensai, *per una o due gocce potrei anche rischiare.*

La mia mise cinematografica decisamente strideva con le mie intenzioni amorose; ormai quei due mondi non si parlavano più da così tanto tempo che non valeva neanche la pena di coltivare le inutili speranze di riappacificazione.

Uscii dal portone e con un passo svelto mi incamminai verso il centro città. Non volevo compagnia. Dopo il giorno trascorso con Ornella in ufficio, avevo voglia di solitudine e pace interiore, visto che nelle orecchie avevo ancora il ronzio della sua voce stridula insieme all'eco dei suoi pettegolezzi.

Strano, non ero in ritardo. Giusto un pacchetto di pop-corn da mezzo chilo e mi fiondai nella poltrona rosso fuoco. Trascorsa la prima mezz'ora ero già al terzo fazzolettino di carta. D'un tratto feci un gran rumore soffiandomi il naso traditore. Dalle poltrone si sollevò un brusio con tanto di rimproveri e commenti poco carini. Poi udii una voce fuori coro.

"Sei tu, Principessina del mio cuore? Che profumo sublime! Carota, zucca e un pizzico di peperoncino! Lo riconoscerei fra mille! Ma perché non mi avevi detto che saresti venuta? Sarei passato a prenderti, sai?!"

Mi girai irritata verso lo sconosciuto, pronta per una risposta poco educata ma rimasi immobile. Quegli occhi verde-smeraldo che mi fissavano stupiti, e il suo sguardo malizioso bloccavano di colpo qualsiasi mia intenzione di scrollarmi di dosso questo individuo.

La mia faccia stupita e la bocca semiaperta provocarono una reazione nello sconosciuto a dir poco bizzarra.

Mi disse: “Amela, regina del mio cuore, ma perché sei pettinata in modo così strano? E questi stracci che ti porti addosso? Se volevi farmi una sorpresa ci sei riuscita perfettamente!”

Io, ancora con la faccia incredula, impietrita da quello sguardo magnetico per pochi istanti rimasi in silenzio. Una volta tornata in me, borbottai velocemente due parole senza senso, mi sfilai dalla poltrona rossa e uscii di fretta dal cinema, dimenticandomi di vedere il resto del film.

Quando è troppo è troppo!

Era bello e affascinante?

Eccome!

Mi piaceva?

Da morire!

Però, che sono una stracciona non me l’aveva mai detto nessuno! Ma chi si credeva di essere?

Poi chiamarmi, Amela. E questo sarebbe un nome?

Avrà alzato il gomito e la vista gli si sarà un po' offuscata. Sì, sicuramente sarà stato così altrimenti non si spiegava questo tipo così strano. Mah, il mondo era pieno di tipi strani, sarebbe meglio tornare a casa. Mentre stavo rincasando la mente continuava a tornare sull'affascinante sconosciuto.

Di colpo mi fermai!!!

Aspetta un po', riflettevo, *che cosa aveva detto che mi suonava così familiare? Ma certo!*

Ci sono! Aveva nominato il profumo!

Il mio profumo arancione funziona! Funziona per davvero!

Finalmente avevo trovato il passaggio segreto per la mia felicità!

Quella notte ho dormito come non mai. Il mio rientro al lavoro fu a dir poco entusiasmante. Ornella non poteva credere che fossi la stessa persona menefreghista che aveva lasciato il venerdì passato dopo la chiusura dell'ufficio. Avevo raccolto i miei lunghi capelli in un chignon alla moda da cui presi spunto da un giornale patinato. Mentre stavo aprendo la tendina della postazione, la mia camicetta color bianco fantasma si aprì in modo sensuale, facendo intravedere la linea dei miei seni sodi. Il sospiro di ammirazione dei maschi presenti mi fece capire che quel reggiseno a balconcino, ornato di pizzo chantilly, era la scelta azzeccata. Accomodata finalmente alla scrivania, aggiustai in modo appropriato la gonna color rosso corallo, corta fino al ginocchio. Uno sguardo fugace al vetro, giusto per dare una controllatina vanitosa a quel trucco leggero e assicurandomi che i denti fossero puliti, senza tracce di marmellata che per l'occasione, avevo sacrificato in nome di una colazione sana. Ornella, dalla sua postazione, faceva le smorfie grottesche, cercando di indovinare la provenienza di quell'odore sublime, la ragione suprema della mia trasformazione, il profumo arancione, colui a cui era appesa la mia nuova speranza amorosa. Non vedeva l'ora di approfondire.

Come faccio a evitarla? Impossibile! Il suo sguardo interrogativo mi perseguiterebbe fino nei sogni. Sarebbe capace di entrare nella mia mente a soppiatto disinnescando, una a una, tutte le mie difese naturali. Lì, sarebbe la mia resa totale.

No, la cosa migliore sarebbe di accettare il suo invito per un caffè pomeridiano durante il nostro solito giro nel centro commerciale.

Una volta usciti gli ultimi clienti, tirata giù la saracinesca, ero pronta. Feci un lungo respiro e avanti tutta.

Stava lì, seduta, di fronte a me. Gli occhi sgranati, le punte delle orecchie più allungate del solito.

“Allora Bianca? Come si chiama, dove abita, che cosa fa nella vita? Ci sono passata e me ne intendo di questi mascalzoni.”

“Io,” iniziai timidamente, ma lei mi interruppe continuando il suo monologo con tanto di consigli.

"Non mi dici niente?" sbuffava innervosita Ornella

"E come faccio? Parli sempre tu" risposi io seccata.

Le raccontai tutto. Dall'inizio alla fine. Mentre con il mio cucchiaino del caffè facevo i cerchi lenti dentro la minuscola tazzina, il cucchiaino di Ornella rimase fermo a mezz'aria, stretto fortemente tra le sue dita grassocce, tanti erano lo stupore e l'incredulità provocati dalle mie parole.

"Che strano tizio! Non saprei! Mmmmm..."

La sua risposta pronunciata con tono esitante mi procurava un certo divertimento.

D'un tratto balzò in avanti, quasi rovesciando il caffè rimasto, ormai freddo, e iniziò ad annusarmi sul collo come un'amante focosa.

"Come hai detto che si chiama questo profumo?"

Mi sentivo osservata e mi vergognai di fronte a tutta la gente che ci stava guardando.

"Ornella, per favore, smettila" la spinsi lontano da me e la rimproverai. Ormai ci avevano preso per due amanti.

"Lo sai che facciamo adesso Bianca?" ecco Ornella che usciva con una delle sue idee brillanti.

"Sentiamo" dissi io alquanto rassegnata "Andiamo a quel negozio. Voglio anche io quel profumo. Se ha funzionato con te perché non dovrebbe funzionare con me? E non dire di no, ti prego. Dai, vieni, andiamo, sbrigati! Manca poco alla chiusura."

Ero esterrefatta. Tutta la mia confessione si era sintetizzata in quattro semplici parole: *Lo voglio anch'io.*

Eravamo davanti alla vetrina e prima che potessi aprir bocca, Ornella era già dentro in cerca del "mio" profumo. In attesa della commessa, aveva già svuotato metà dei tester presenti cercando di arrivare da sola all'essenza desiderata.

La commessa finalmente arrivò:

"Posso..."

Ornella la interruppe bruscamente e alla velocità della luce chiese tutta eccitata:

"Voglio il profumo che porta la mia amica. Identico. Solo quello. "

La commessa, stupita da tutto quel fervore, si rivolse a me e chiese in modo pacato:

"Come si chiama il profumo che ha comprato da noi signora?"

"Ricordo l'essenza: carota, zucca e peperoncino. Ho preso cinque flaconcini presenti sullo scafale."

L'espressione della commessa fu di un evidente disagio.

"Mi dispiace" disse abbassando la voce e, rivolgendosi a Ornella: "Questo profumo non è più disponibile. Era stato messo in vendita per sbaglio ed è stato ritirato dalla proprietaria."

Ornella, già paonazza in viso, era pronta a dare battaglia, ma la commessa anticipò il suo borbottio dicendo che non era possibile acquistarlo in alcun modo perché era una fragranza troppo preziosa e molto particolare, e poi, rivolgendosi a me, disse che ero stata fortunata ad acquistare quell'essenza meravigliosa prima che l'errore fosse stato scoperto.

Ornella non volle un altro profumo e uscì fuori dal negozio quasi sbattendo la porta. Mentre mi stavo dirigendo verso l'uscita, la commessa mi fermò chiedendomi gentilmente il mio numero di telefono.

"Perché ha bisogno del mio numero?" chiesi incuriosita.

"Non si preoccupi, è solo per un'indagine di mercato. Stia tranquilla. Il suo numero sarà al sicuro con noi. "

Acconsentii.

Nel frattempo, dall'altra parte della città.

"Ma dai! Amela, non prendermi in giro. Perché fai la preziosa? Siamo amici da una vita. Se volevi andare al cinema da sola bastava dirlo! Non avrei insistito! Giuro! Però, ammetti, travestita da stracciona in quella maniera, ahahahaha... mi sono fatto due belle risate! "

"Ti giuro Davide, non ero io. Quante volte te lo devo ripetere! Non sono uscita di casa."

"Smettila Amela, eri tu!"

"Che sciocchezze! Avevo di meglio da fare che guardare quei vecchi film strappalacrime che piacciono tanto a te!"

"Ahahah, e poi con quei pantaloni strappati, e una maglia larga con la stampa floreale sul davanti "

"Ma dai Davide! Non uscirei mai di casa vestita in quel modo."

"Confessa, volevi farmi uno scherzo, ben riuscito direi ahahah..."

"Ora basta! Non ero io. Non mi scocciare più con queste fesserie!"

"Come vuoi tu" concluse Davide continuando a ridacchiare.

Amela e Davide erano amici sin dalla loro infanzia, quasi amici fraterni. Si volevano molto bene senza mai oltrepassare quella linea sottile che separava l'amicizia dall'amore vero. Davide era un bel ragazzo e con quegli occhi seducenti faceva girare la testa a tante ragazze, però non era ancora pronto per staccarsi dalla sua amata Amela. Le loro passioni nel campo della moda avevano portato la loro azienda al successo. Una delle novità era l'idea stravagante di Amela di aprire un simpatico negozio dei profumi particolari, un progetto pilota, un'oasi delle essenze naturali, ben mescolate e bilanciate, da proporre ai clienti come abbinamento al loro carattere. Il lato segreto di ognuno di noi rivelato da un'essenza sublime. Le commesse erano state formate in modo impeccabile e nulla era stato lasciato al caso. Tranne un piccolo particolare...

Amela aveva sviluppato personalmente un'essenza speciale con solo tre ingredienti. Ci stava ore e ore a studiarne le proprietà, dosaggi e benefici. Ultimamente aveva tralasciato il resto dell'azienda, anzi aveva delegato tutto a Davide per potersi dedicare a questa passione. Ricordava spesso le parole di suo padre:

Una carota non serve solo per fare il brodo, ma merita molto di più; una zucca non serve solo per il contorno, ma merita molto di più; il peperoncino unisce il tutto, rende la vita piccante in maniera molto più divertente e interessante.

E così nacque quell'essenza sublime: carota, zucca e peperoncino. Amela ne era entusiasta. Solo Davide aveva avuto il privilegio di sentirne l'aroma. Il suo fiuto gli diceva che Amela aveva fatto centro. Era un profumo eccezionale; discreto, con una decisa nota naturale e piccante al punto tale da solleticare amorosamente la curiosità, tanto da rimanerne intrappolati. Il profumo rimaneva segreto e non era destinato alla vendita. Amela ne aveva imbottigliato giusto dieci flaconi che teneva custoditi gelosamente nella sua serra floreale.

"Va bene carissima, mi arrendo" disse Davide calmo "non eri tu. Torniamo al lavoro e le scadenze imminenti della stagione. Pace?"

"Pace" disse Amela, sollevata.

Erano passati ormai due mesi da quello strano incontro al cinema. Adesso, se qualche volta ripensavo all'episodio di Ornella, con quella faccia incredula, sospettosa e diffidente che fissava la povera commessa, mi veniva da ridere. Da allora, molte volte mi aveva chiesto "in prestito" il profumo. Ogni volta che usciva con l'uomo dei suoi sogni, ne aveva bisogno di qualche goccia. Per lei aveva funzionato alla grande: gli innamorati le svolazzavano intorno.

"Solo corteggiatori all'antica" mi diceva lei.

Le piaceva essere al centro dell'attenzione, e se arrivava qualche bouquet di fiori, era disposta a uscire anche per una cena romantica.

Le mie giornate non erano altrettanto interessanti, e la routine quotidiana si era insinuata pesantemente in ogni parte della mia esistenza. Non ero pronta a uscire per una cena a quattro con Ornella e i nipoti degli amici degli amici. Non me ne rendevo conto, ma non riuscivo a togliermi dalla testa quegli occhi verdi. Eh già, lo svitato del cinema aveva preso il sopravvento.

Peggio ancora, tutte le sere mi mettevo a parlare con il figo di carta stampata incollato sulla testata rosa del mio letto; mi inventavo i nostri discorsi più intimi; mi rallegravo dei regali che mi faceva; arrossivo dei baci appassionanti che mi facevano girare la testa e, perché no, mi immaginavo già un bellissimo abito bianco disegnato su misura da una nota casa di moda, Ameddav.

Di notte dormivo bene, cullata da quel sogno, ricordandomi sempre di usare quello slogan visto alla televisione: *se lo puoi sognare lo puoi avere,* qualora mi fossi sentita di nuovo sola e svogliata. Speravo che mi avrebbe tenuto compagnia il più a lungo possibile, perché ero vicina a fare un atterraggio brusco e doloroso nel grigiore della realtà.

Dopo aver indugiato a lungo nei miei pensieri decisi di accettare la proposta di Ornella per una cena a quattro. Il suo nuovo amore, Edoardo, aveva un nipote della mia età, un certo Mario, desideroso di conoscere una ragazza. Secondo gli elogi di Ornella, il ragazzo era un buon partito: aveva un ottimo lavoro, un appartamento spazioso in centro, era molto educato, piacente e aggiungerei io, dalla sua descrizione, alquanto noioso. Non so perché Ornella si era messa in testa di sistemarmi; io già stavo bene da sola.

Il ristorante era più di quello che mi aspettassi. Situato in centro, molto chic e alla moda, si entrava solo su prenotazione. Era specializzato in alta cucina, con tanti abbinamenti sperimentali, porzioni da assaggio, conto salato e tanta fame all'uscita con i migliori auguri di rivederci al più presto per un altro incontro. Ornella aveva confessato che il ristorante lo aveva scelto il suo fidanzato; lui vi si recava spesso e conosceva tutti.

Edoardo, elegante nel suo vestito blu, spiegava sapientemente i piatti sul menu, mentre Ornella annuiva cercando di memorizzare il più possibile, anche se non capiva minimamente quello che veniva detto. Ogni qualvolta i loro sguardi si incrociavano, la mano di Edoardo si posava dolcemente sulla sua. *Tutto merito del profumo arancione che ultimamente avevo generosamente concesso a Ornella?* Il mio pensiero malizioso mi fece scoppiare in una simpatica risata, *molto sexy*, a detta di Mario. Non mi ero resa conto che si era avvicinato troppo e che mi osservasse con tanta voracità. Mi dava fastidio quell'alito troppo vicino al mio viso e quell'odore forte del suo dopobarba. Mentre osservavo, con un pizzico di invidia, la coppia innamorata di fronte, il chiacchierare continuo di Mario delle sue conquiste amorose mi stava facendo venire mal di testa. *Ma non poteva ereditare almeno una briciola di fascino da suo zio?*

Mi salvò l'arrivo dei camerieri. Ammiravo stupita le composizioni artistiche dei piatti ordinati con sapienza da Edoardo. Le porzioni erano minime, ma il gusto era sublime. Anche se non capivo gli abbinamenti culinari, e metà degli ingredienti mi era sconosciuta, il mio palato era appagato avendo spazzolato anche l'ultima briciola di ogni singola portata.

Finita la cena, Ornella ed Edoardo erano pronti per imboccare la pista da ballo in un locale vicino, mentre io non vedevo l'ora di sbarazzarmi di Mario che non finiva di macinare i suoi monologhi, cogliendo ogni occasione per appoggiare le sue mani sudaticce sulle mie spalle. La situazione stava diventando imbarazzante quando un'allegra comitiva entrò nel ristorante.

Il loro tavolo, già apparecchiato, era sistemato in un angolo appartato del locale. Solo il guardaroba delle ragazze presenti valeva il mio stipendio annuale. Erano tutte agghindate all'ultima moda, ogni dettaglio era in abbinamento con la pettinatura e il vestito, compresi gli accessori.

Il mio abbinamento era semplice. Pantaloni neri lunghi, camicia rossa con le maniche lunghe, corredata da un piccolo top nero. La mia versione di trucco leggero poco dopo era stato pesantemente rafforzato da Ornella. Chiedeva di lasciare a casa la camicia rossa e tenere solo il top nero, ma il mio buon senso aveva prevalso e la camicia era rimasta al suo posto.

Mentre stavamo uscendo dal ristorante Edoardo riconobbe un suo cliente e con la scusa di un colloquio veloce, ci lasciò attendere qualche istante nel piccolo corridoio adiacente alla sala dell'allegra comitiva. Mentre stavo osservando una delle ragazze, ammirando il suo tailleur firmato color pesca, una voce maschile attirò la mia attenzione.

Il mio cuore traditore iniziò a battere all'impazzata. Ormai ogni voce maschile con quel tono baritonale mi faceva sobbalzare.

Mi girai di scatto e vidi Edoardo che parlava con quest'uomo girato di spalle. Quel fisico statuario che dominava la stanza, la mano curata che si passava tra i capelli... *No, non può essere.... no, non può essere...no, non può essere, non può essere...* Stavo ripetendo questa frase sottovoce all'infinito, non rendendomi conto che stessi parlando da sola, ma poi non così sottovoce, perché Ornella aveva aguzzato le orecchie e mi stava fissando incredula.

"Bianca? Stai parlando da sola? Ti senti bene? "

"No, sto benissimo, è solo l'effetto dell'ottimo vino. Un favore Ornella te lo chiedo, però. Toglimi dalla vista il nipote di Edoardo, è troppo pesante e non è affatto il mio tipo".

Uscii di fretta dalla porta, mi buttai in mezzo alla gente che passeggiava lentamente, e lì, finalmente, ritrovai la mia tranquillità. *Che fatica le emozioni! Meglio lasciar perdere.*

Qualche mese fa, in un cinema, stavo già tremando per questa voce baritonale calda. E se fosse stato lui? Sarei svenuta all'instante! Non pensavo che un uomo sconosciuto fosse capace di scatenare in me tutto questo groviglio di emozioni. Mi tranquillizzavo da sola, ripetendo per l'ennesima volta a me stessa che tutto sarebbe passato.

Ornella non riusciva a capire; scrollava la sua testa rossa vaporosa, guardandomi con quegli occhi vigili che non riuscivano a fare breccia nei miei pensieri.

"Senti Bianca," disse Ornella "dobbiamo fare una chiacchieratina tra amiche. Tu mia cara, mi stai nascondendo qualcosa e io muoio dalla voglia di scoprirlo!"

Davide era esterrefatto. Rimase un bel po' con lo sguardo fisso allo specchio del ristorante, ripensando a quel viso familiare che aveva appena intravisto. Non poteva essere Amela; era fuori per un viaggio di lavoro. I lineamenti di quel viso le erano così simili, solo che avevano una nota più dolce, più amabile. Traspiravano una simpatica insicurezza e poi gli erano così familiari...

In ufficio si respirava aria di festa. Almeno Ornella la rendeva tale. Una volta a settimana sfornava pasticcini, torte salate, tartine con pasta sfoglia, piccoli bignè dolci e salati, budini, creme e mousse varie. Tutto annaffiato con il buon limoncello fatto in casa e, per coloro che non gradivano la nota alcolica, era pronto un bricco di limonata fresca.

La relazione di Ornella con Edoardo si faceva sempre più seria e ogni qualvolta allestiva dei piccoli buffet in ufficio, dalla mercanzia esposta, potevamo tracciare in anticipo la direzione della sua storia amorosa. Se portava solo i dolcini, l'andamento era stabile. Se portava solo una torta salata, significava che avevano litigato, e se c'era un menu intero si andava a passo lento, ma sicuro, verso un'unione di convivenza, perché Ornella era allergica al matrimonio. Diceva sempre che gli stessi errori non si facevano due volte nella vita.

I nostri incontri al Centro Commerciale si erano diradati perché Ornella aveva sempre meno tempo libero a disposizione. Io, d'altro canto, non potevo chiedere di meglio. Girovagavo da sola, prendendo il caffè seduta al tavolino, senza l'imbarazzo e la paura di essere osservata. Ero libera di rovistare nelle librerie in cerca dei libri interessanti, invece di perlustrare i negozi di abbigliamento alla ricerca del miglior affare, e, durante il weekend, di sguazzare nel mio pigiamone, facendo il solitario davanti alla TV.

La mia scorta di profumo arancione si era alquanto assottigliata da quando Ornella aveva scoperto il suo lato festaiolo e, prima di conoscere Edoardo, ogni fine settimana passava dal mio appartamento annaffiando il suo collo taurino con il mio prezioso profumo di zucca, carota e peperoncino. Ormai, per me, non aveva più senso, ma almeno per lei aveva funzionato. Comunque, era meglio tenere l'ultima boccetta al sicuro, fuori dalla vista e, soprattutto, dalla portata del dito veloce di Ornella, altrimenti il mio ricordo del cinema sarebbe svanito per sempre.

Prima o poi me lo aspettavo. La domanda fatidica è arrivata puntuale, in una soleggiata giornata di sabato.

"Bianca, carissima mia amica adorata!" disse Ornella tutta mielosa "Che ne dici di un giretto alla casa di moda Ameddav? Ho visto un vestitino perfetto per un'uscita importante con Edoardo."

Non avevo pronunciato una sola parola. Ornella aveva fatto tutto da sola, come al solito. Mi piazzò anche una gomitata "amichevole" nelle costole con quella mano pesante, piena di anelli con zirconi rotondi come suggellamento del patto tra amiche.

Era arrivato il tanto atteso sabato. Durante tutta la settimana Ornella non mi aveva dato tregua. I giornali di moda erano sparsi per tutto l'ufficio. Ogni pretesto era buono per mettermi sotto il naso una di quelle riviste di moda, tanto che ormai percepivo l'odore della loro carta patinata a un miglio di distanza.

Ornella era al settimo cielo. Il suo fidanzato Edoardo aveva fatto un piccolo miracolo. Peccato che la stessa cosa non si potesse dire anche di suo nipote. Il solo il ricordo di quella persona mi provocava la nausea.

Quando mi presentai all'appuntamento, la situazione era alquanto inusuale; mi veniva da ridere. Memore dell'ultima passeggiata con Ornella, mi ero adeguata alla situazione e, adesso, ero io quella peggio vestita. I jeans semplici, un po' strappati, e la maglia larga con la stampa floreale.

La casa di moda Ameddav campeggiava statuaria nel centro della città, fuori dai centri commerciali. In passato spesso mi soffermavo a guardare le loro bellissime vetrine illuminate a giorno, osservando i dettagli di ogni singolo vestito esposto, scegliendo con l'immaginazione il più bello, complimentandomi con me stessa per l'ottima scelta. Ornella avrà dovuto risparmiare un bel gruzzolo per potersi permettere uno dei loro capi così costosi.

Un signore alto, in divisa, con i guanti bianchi ci aprì la porta salutandoci cordialmente. Mi guardò un po' imbarazzato. Forse per il mio abbigliamento non proprio elegante.

Un silenzio surreale campeggiava in tutto l'ambiente; si sentiva solo il rumore dei nostri passi incerti sul pavimento lucido a specchio. Le linee armoniose e raffinate di marmo bianco, si sposavano meravigliosamente con i vestiti esposti. Ogni colonna ospitava un vestito, una borsa e un paio di scarpe. Al pian terreno c'erano delle poltroncine dove accomodarsi, in attesa di una commessa. Il primo piano ospitava abiti e completi da sera e al secondo piano si potevano scegliere i vestiti da sposa che tanto ammiravo, vedendoli esposti nelle vetrine enormi lungo il viale del centro città. Tutto molto discreto, come lo erano anche le commesse che ci avevano riservato un trattamento degno delle dive del cinema.

Non appena ci eravamo sedute sulle poltroncine, si presentò una signora di mezz'età, vestita in modo impeccabile. Moira, la responsabile della boutique, scusandosi per l'attesa, ci accompagnò in una saletta privata dove avevano allestito un piccolo buffet, in attesa della sfilata. Ornella era entusiasta; non poteva desiderare di meglio. Non aveva neanche iniziato a misurare i vestiti che già le era stato offerto un buffet con tanto di tè e pasticcini.

"Bianca," Ornella mi dava continue gomitate "dobbiamo assolutamente cambiare il centro commerciale per queste alte sfere" borbottava mentre ingurgitava l'ennesimo pasticcino. "Se trattano così, noi poveri squattrinati, chissà come trattano coloro che hanno i soldi." Io ero un po' scettica.

Mi sembrava che tutto il personale presente mi scrutasse con discrezione e un certo timore. Bastava che mi alzassi per aggiustare la maglia floreale, ormai stropicciata, che mi vedevo arrivare qualche commessa che con gentilezza mi chiedeva se fosse tutto a posto.

Non credevo alle mie orecchie, tutte queste smancerie solo per me?

Ornella aveva messo gli occhi su un bellissimo vestito lungo di seta nero, che accompagnava la sua silhouette prosperosa in maniera molto dolce e morbida, con una generosa scollatura sul davanti, impreziosito con dei piccoli cristalli trasparenti, cuciti con una minuziosità certosina tutt'intorno alla scollatura e ai polsini. Era un abito fatto su misura per lei. Mi ero commossa vedendola così felice e soddisfatta. Intravidi il prezzo che era molto elevato e volevo avvertirla prima che facesse una scenata davanti a tutti.

Mi incamminai verso il camerino di prova, quando, inavvertitamente, udii un piccolo pettegolezzo tra le due commesse giovani, che ridacchiavano sottovoce, sicure del loro anonimato, nascoste nel camerino adiacente.

"Ma, l'hai vista? Presentarsi così da stracciona al suo negozio; con quei pantaloni strappati e quell'orrenda maglia floreale"

"Ma dai," disse l'altra "da quando si è chiusa in quella serra a lavorare sui profumi, mi sembra un po' fuori di testa. Era sempre così elegante e raffinata, e vedi adesso come si è ridotta?". E continuavano a ridacchiare maliziose.

Ero confusa. E chi sarebbe stata quella stracciona? Pensai che alludessero a me ed ero decisa a entrare nel camerino quando sentii una mano tirarmi verso di sé, e con una voce piagnucolosa, disse:

"Bianca, mi piace tantissimo, ma non posso permettermi questo abito. Sono stata una sciocca. Lo devo restituire. Scusa carissima per questo disagio"

Il percorso per arrivare alla cassa mi sembrava lungo e snervante. Mi sentivo a disagio. Non vedevo l'ora di uscire di lì. Prima che Ornella iniziasse a parlare, ci venne incontro Moira, con un pacchetto grande e due più piccoli, tutti con lo stemma della casa di moda Ameddav.

Consegnò il tutto a Ornella, con i migliori auguri della Casa per la sua cena importante, spiegandole che nella busta grande era ripiegato il vestito nero; nella seconda busta c'erano le scarpe nere abbinate al vestito e nella terza, più piccola, gli accessori necessari per renderla ancora più splendida. Ornella rimase a bocca aperta, non riusciva a pronunciare una sola parola, ma balbettò, piano e con voce tremante di incredulità:

"Quanto...?"

Moira non mi toglieva gli occhi di dosso, come se cercasse la mia approvazione per un lavoro ben fatto. Io, già confusa di mio, non riuscii che ad annuire, in modo disorientato, guardando la porta d'uscita come la mia unica salvezza.

Quel gesto fu mal interpretato da Moira, la quale, prima di accompagnarci alla porta, si rivolse a Ornella.

"Le amiche della signora Amela sono sempre benvenute, e non hanno bisogno di chiedere il conto". Con queste parole ci salutò sfoggiando il suo miglior sorriso, ci aprì la porta e finalmente uscimmo all'aria aperta.

Non mi resi conto subito del nome con la quale Moira mi aveva chiamata, ma Ornella, pur euforica per l'inaspettato regalo, disse: "Bianca, ti sei resa conto che ti ha chiamata Amela??" e proruppe in una risata incontenibile.

E anch'io non riuscii a trattenere una risata fragorosa.

"Bianca, ti assumo ufficialmente come il mio personale porta-fortuna" disse mentre ci allontanavamo dal negozio, e aggiunse: "Grazie Amela, chiunque tu sia!"

Non l'ascoltavo, per me Ameddav aveva solo un significato: ero persa nei miei ricordi di quell'uomo con gli occhi intensi, ma questo non l'avevo detto ad alta voce.

Amela era furiosa.

“Ma come può essere successo? Comc si può essere così smemorati? Ma perché non avevo verificato due volte? Credevo di averli ritirati già tutti e solo adesso mi dicono che una miscela, per sbaglio, l’hanno versata in 5 piccoli flaconcini, che poi sono stati venduti a una persona sconosciuta!”

Parlava ad alta voce, da sola, nel suo ufficio accanto alla serra, sbattendo i pugni contro il piccolo, malcapitato, tavolino di legno, rovesciando la tazza del caffè sopra i fogli bianchi appena sistemati e pronti per assorbire gli appunti.

Amela prese il suo cellulare e ancora in preda all’agitazione chiamò Davide che, stupito per tanto nervosismo e confusione, si precipitò alla serra.

“Dai Amela, cercheremo una soluzione” disse Davide,“ tutto si sistemerà.”

“Chiamiamo il negozio per sapere se hanno preso il numero di telefono della cliente.”

“Giusto” esclamò Amela “ecco perché ho bisogno di te Davide.”

Amela decise di andare al negozio.

Non amava tutto quel brusio, pieno di gente, che sgomitava per farsi strada in mezzo alla folla, specialmente nei weekend, e oggi era proprio uno di quei giorni. Il negozio sperimentale (come lo chiamava lei) ebbe un discreto successo già durante l'inaugurazione e poi anche in seguito. Era sempre pieno di gente curiosa, che entrava quasi per scherzo, in cerca di un regalo particolare, insolito e stravagante finendo per uscire avvinghiata nell’essenza profumata scelta per loro dalle abili commesse addestrate a dovere.

Le commesse non conoscevano Amela, così era libera di girare per il negozio, parlare con i potenziali clienti, verificare le loro preferenze, ascoltare le critiche, testare le essenze esposte, mettendo alla prova le commesse di turno. Dopo un po’ che si aggirava intorno ad uno scaffale color rosa le venne incontro una giovane commessa e, in modo alquanto sdolcinato, le fece alcune domande, che Amela evitò altrettanto abilmente chiedendo invece:

"Mi scusi, una mia amica ha comprato da voi alcuni flaconcini dell'essenza di peperoncino, zucca e carota. Io l'ho provato; era così aromatico ed estremamente delicato. Ne avreste un altro, identico, dalla stessa collezione?"

"Mi dispiace molto, ma la profumazione desiderata non è più disponibile, suggerirei un'altra essenza molto più vicina a lei." Disse la commessa educatamente.

Amela si svincolò velocemente, ringraziando in anticipo, già soddisfatta della risposta. Mentre si dirigeva verso l'uscita, notò una pila di questionari sul bancone, vicino ai tester dei profumi. Approfittando dell'assenza della commessa, li sfogliò velocemente e, trovando il questionario della cliente con i cinque flaconcini venduti, lo afferrò e se lo infilò in borsa, uscendo dal negozio con un sorriso beffardo.

Una volta arrivata in ufficio, si mise a fissare quel foglio sul quale era scritto il nome BIANCA in stampatello.

Bianca, Bianca, Bianca! Che nome insignificante! Mancano solo i sette nani e siamo al completo, pensò Amela.

Tornata in ufficio Amela passò in rassegna le foto della famiglia sparse sul mobile. Soffermandosi sulla foto di suo padre, disse ad alta voce: "Caro papa, avevi ragione, la ricerca dell'essenza perfetta richiede la dolcezza e la pazienza ed è proprio quello che manca a me!"

Dopo una lunga giornata in ufficio, ero ben felice di rintanarmi nel mio piccolo appartamento e di sdraiarmi sul morbido divano. A portata di mano, una bella tazza di cioccolato denso e fumante, e un libro aperto a metà in attesa di essere letto. Era il momento più dolce della serata, tranquillo e rilassante. Per qualche strana ragione il telefono quella sera si era messo a squillare come se fosse impazzito. Lo lasciai suonare ma poi, ripensando ai vicini brontoloni, decisi di rispondere.

"Pronto? Parlo con la signora Bianca?" ecco, ci risiamo, pensai, e risposi in modo scherzoso:

"Siii, la signora Bianca al telefono, chi ha così tanta voglia di parlare con lei a quest'ora?!" e mentre mi apprestavo a chiudere la conversazione d'un tratto udii la parola PROFUMO che mi fece sobbalzare e iniziai ad ascoltare attentamente.

"Vede signora Bianca," continuò la voce dall'altra parte "mi è giunta l'informazione che lei ha comprato gli ultimi cinque flaconcini della nostra essenza più preziosa."

"Sì, li ho comprati però non riesco a capire lo scopo di questa telefonata."

" Adesso glielo spiego. Vede, vorremmo sapere se l'ha indossato e se le note aromatiche le sono piaciute."

"Certo, ma…" non riuscii a finire la frase che la donna subito proseguì

" La profumazione era ancora in fase sperimentale e non era ancora pronta per la vendita. Se ha ancora qualche flaconcino rimasto, la pregherei di riportarlo alla nostra sede, dietro una lauta ricompensa."

"Va bene, però…"

" Mi chiami, per cortesia, sul mio numero privato e fissiamo un appuntamento. Sarà la nostra ospite d'onore."

Click e il telefono rimase muto con il mio orecchio ancora appiccicato alla cornetta, mentre cercavo di dare un senso logico a quella strana telefonata.

Sembravano tutti impazziti per queste gocce di profumo. Il mondo si era girato al rovescio. Come se il profumo arancione fosse l'unica cosa importante negli ultimi mesi. Ma come sapeva che avevo comprato proprio quei flaconcini? Che strano!

Io, invece, ero arrivata, a una conclusione sola: ormai ero immune ai suoi poteri aromatici. La mia fortuna amorosa aveva la durata di un pasticcino e quegli occhi ammiccanti ormai mi fissavano solo dalla spalliera del letto.

Che fare? Andare o rinunciare? Un bel dilemma. Ci avrei pensato domani.

Decisi di recarmi all'appuntamento.

Mi trovai davanti a una villa a due piani, immersa nel verde. Un grande parco tutt'intorno all'edificio, pieno di aiuole curate e fiori meravigliosi dal forte profumo. Avanzai a passi lenti fino all'ingresso principale della casa, ammirando la bellissima proprietà curata nei minimi dettagli. Con la coda dell'occhio intravidi una piccola serra professionale a forma di cupola, molto graziosa, e mi domandavo se quello non fosse il posto segreto dove nascevano le preziose miscele aromatiche.

Suonai il campanello, tirando una lunga cordicella antiquata. Siccome non mi rendevo conto dell'effetto acustico all'interno della casa, rimasi lì a giocherellare un po', tirando la corda avanti e indietro, finché una voce spazientita non interruppe il mio divertimento, e sentii pronunciare una raffica di rimproveri:

"Ma che modi! Non si può sentire! Basta! Sto arrivando!"

La porta si aprì di colpo e io vi entrai di corsa, salutando educatamente il maggiordomo. Egli nel vedermi rimase a bocca aperta. Da un'altra stanza una voce lo intimidiva di farmi entrare.

L'ufficio era molto luminoso, con delle finestre grandi che davano sul giardino posteriore. Tutto era arredato in maniera rustica, ma con molto stile. E poi vidi la graziosa serra a cupola, collegata direttamente con l'ufficio mediante una passerella di vetro verde.

Pensai che sarei andata volentieri a dare una sbirciatina intrufolandomi lì dentro col naso infilzato in ogni pianta.

Entrai in ufficio chiudendo rumorosamente la porta tanto da far girare di scatto la giovane donna.

Questa volta toccò a me rimanere a bocca aperta.

Nella stanza calò un lungo silenzio.

La donna lasciò cadere il telefono per terra, sgranò gli occhi e mi fissò incredula.

Ci misi un bel po' a riprendermi e poi feci una cosa che non avevo mai fatto prima; iniziai a parlare da sola, ad alta voce:

"Ma tu chi sei? Un'altra Bianca? Ma che sto dicendo! Non esiste proprio! Eppure mi sembra di guardare me stessa allo specchio. Beh, se fossi vestita in modo così elegante come te, non sarei affatto male." Detti un'occhiata veloce ai miei vestiti della settimana, scelti per l'occasione, e scoppiai in una fragorosa risata incontrollabile.

Alla donna ci volle un po' di più per riprendersi dallo stupore, e sprofondando nella poltrona accanto al piccolo tavolino di legno, disse sottovoce:

"Bianca, Bianca, Bianca! Ma da dove sei sbucata? E io che pensavo che tu fossi una zitella trasandata che aveva preso possesso dei miei flaconcini per accalappiarsi finalmente uno straccio di fidanzato." Ed ecco che arrivò prontamente un'altra risata irrefrenabile.

Diventai rossa fino alla punta dei capelli.

“Allora avevo indovinato, era proprio così!” disse divertita. E con questa sua ultima osservazione mi diede un colpo di grazia.

“Mi scusi Bianca, visto che ci assomigliamo così tanto, possiamo darci del tu? Se ti va bene, ovviamente.”

“Ma certo,” risposi “solo che io ancora non conosco il tuo nome.”

“Ma che maleducata che sono. Scusami. Mi chiamo Amela.”

“Amela? Quell'Amela?” rimasi incredula. La giornata si faceva sempre più intrigante.

“Sì, sì, sono proprio quella. Allora, ti intendi di moda, Bianca? Beh non si direbbe dal tuo stile casual trasandato.” Amela mi squadrava con occhio critico e continuava a parlare:

“Direi che lo stile della mia casa di moda Ameddav si trova a un livello “tantino” più alto rispetto ai tuoi gusti casual. Non mi espongo mai in prima persona, la dirigo insieme al mio socio, Davide. Sicuramente avrai sentito parlare anche di lui."

"No, no, non so chi sia," dissi e aggiunsi abbassando la voce: "Veramente, pensavo ad un'altra Amela, un'Amela del cinema. "

"Non credo che sia stata io cara, non vado pazza per il cinema. E non oso pensare a un'altra persona che possa portare questo mio nome bizzarro. Dai, mettiamoci comode, raccontami di te. Sono proprio curiosa di conoscerti. Chiamo per il caffè e pasticcini, e torno subito da te."

Mentre Amela impartiva gli ordini, passai in rassegna le foto della famiglia allineate sulla mensola principale dello studio.

Stavo vagando con lo sguardo sui volti sconosciuti, quando, in fondo alla mensola, un po' nascosta, vidi una vecchia fotografia sbiadita con un volto familiare. Mi avvicinai, e iniziai a tremare.

Amela, tornata nella stanza in quel momento, si accorse della foto che Bianca stava stringendo tra le mani, fissando incredula i volti impressi nella foto.

"Bianca," disse Amela preoccupata "ti senti bene?"

Non udendo la risposta Amela si avvicinò e sbirciò la foto.

"Non lo so perché ti interessa tanto questa foto. L'uomo nella foto era il fratello gemello di mio padre e la donna abbracciata a lui era la sua fidanzata. La loro storia non era stata molto felice. Così mi raccontò mio padre. Si amavano tanto, ma i miei nonni, si opposero alla loro unione perché volevano che lui sposasse una donna del suo stesso rango. All'epoca, era difficile far valere le proprie ragioni. Opporsi alle decisioni dei genitori, infrangendo le rigide regole della società, significava una cosa sola: essere diseredati. Anche ai miei genitori la scelta fu imposta, ma finirono per innamorarsi e trascorsero una vita piena e felice. Purtroppo, non fu così per lo zio e la sua innamorata. Loro decisero di fuggire e ricominciare altrove. Lei andò via per prima, e proprio quando lui stava per raggiungerla, ebbe un incidente e morì sul colpo. Della donna non abbiamo mai più saputo niente."

Mi sentii la terra vacillare sotto i piedi. Amela fece un balzo in avanti e prima che potessi accasciarmi sulla poltrona mi sorresse sotto le braccia e mi accompagnò dolcemente a sedere.

"Bianca, che cosa sta succedendo? Sembra che tu abbia visto un fantasma!"

"Amela," dissi con voce tremante: "La donna sulla foto, abbracciata a tuo zio, è mia madre."

Amela stupita prese comunque in mano le redini della situazione.

"Adesso faccio portare via il caffè; ci meritiamo qualcosa di più forte. Ne abbiamo bisogno tutte e due. Un bel cognac per riprendersi dalla scossa, e poi una bella coppa di champagne per festeggiare la riunione tra le cugine. Anche se ci sbronziamo, poco importa, dormi qui stasera.

Sarai la mia ospite. Sono figlia unica. Averti conosciuta è un dono dal cielo. Ho sempre desiderato una sorella."

Mille domande si impossessarono di me. *Ma sono impazzita? Che cosa ci sto a fare qui? Questo non è il mio posto,* tuonava la mia mente razionale, mentre la mia parte intuitiva spingeva per rimanere. Rimasi per la notte, perché, ormai esausta, non avevo abbastanza forze per oppormi. Ero tristemente felice, piangevo e ridevo allo stesso momento, spronata dall'alcol che scorreva in abbondanza nel mio corpo. La mia fame emotiva per conoscere tutto su mio padre, la mia famiglia paterna e il desiderio di comporre questo puzzle della mia vita, prevalsero su tutto il resto.

Mi svegliai il giorno dopo, a pomeriggio ormai inoltrato. Chiamai l'Ufficio del Personale e mi presi qualche giorno libero per motivi di salute. Mi vergognai per questa piccola bugia anche se in fondo non lo era perché, risucchiata dal turbinio degli eventi del giorno prima, non mi sentivo affatto bene. Mi vestii in fretta e scesi le scale fino al piccolo salottino, dove trovai Amela immersa nei fogli ingialliti sparsi tutt'intorno.

"Buongiorno carissima cugina, hai dormito bene?" disse Amela, scrutandomi amorevolmente mentre si toglieva gli occhiali da lettura.

Annuii distrattamente, guardando tutti gli scatoloni mezzi aperti.

"Vedi questa pila di scatoloni Bianca? Sono tutto quello chi ci resta della nostra famiglia. Ne apriamo uno per uno e ci immergiamo alla scoperta delle nostre radici."

Non c'era un diario, lettera o cartolina della famiglia che non avessimo aperto, letto e riletto. Guardammo tutte le foto, una per una, cercando di attribuire un nome a ogni volto. Quando Amela prese dalla scatola le foto dei miei genitori, le lacrime scesero da sole perché vidi i volti di due splendidi giovani, innamorati e felici. Il pianto si alternò al riso. Amela mi descriveva i suoi primi passi nella casa di moda e io le svelavo gli aneddoti della mia vita quotidiana. I giorni passarono veloci.

Arrivò anche il momento di ritornare alla realtà. Non volevo andarmene. Mi stavo affezionando a mia cugina e volevo protrarre quel momento il più a lungo possibile. Non sapevo che Amela avesse già un piano che non lasciava alcuna possibilità di scelta. Mi parlò in modo chiaro e deciso:

"Chiama il tuo ufficio e licenziati. Ti troverò un'ottima sistemazione nella mia azienda."

Era abituata a impartire gli ordini, e aveva una certa esperienza a districarsi nelle situazioni complicate.

Ormai Amela faceva parte della mia vita e della mia famiglia. Era l'unica cugina che avevo e i giorni trascorsi con lei avevano ridato un senso alla mia esistenza.

Le risposi di sì.

Adesso rimaneva una sola persona da mettere al corrente della mia situazione attuale.

"Bianca!" Ornella era furiosa al telefono

"Non ti fai sentire! Non ti fai vedere! Sono passata dal tuo appartamento e i vicini mi hanno detto che non ti hanno vista per una settimana! Poi ho saputo che ti sei licenziata. Che cosa sta succedendo? Parlami! Qualsiasi cosa sia successa puoi contare su di me. Io sono la tua amica!"

"Hai ragione Ornella," rispose Bianca con una calma sorprendente "scusami se non ti ho chiamata prima. Sono successe talmente tante cose in così poco tempo. Stento ancora a crederci. Non ti devi preoccupare, sono delle notizie bellissime. Fra qualche giorno ti chiamerò e ci prendiamo il nostro solito caffè al centro commerciale."

Finalmente arrivò il giorno del chiarimento.

Ornella era già pronta all'attacco, ma poi, vedendomi, il suo sguardo si addolcì e mi disse incredula:

"Sei splendida Bianca! Vestita in modo elegante. Molto raffinata. Non è per caso che mi avevi nascosto, egoisticamente, qualche flaconcino di profumo dell'annata migliore?" e la gomitata amichevole arrivò prontamente .

Per evitare gli altri colpi improvvisi, mi affrettai a raccontarle tutto. Più avanti andava il mio racconto, più Ornella si scioglieva in singhiozzi e lacrime. Alla fine ero io quella che dovevo confortare lei.

"E lui, come si chiama?" disse Ornella all'improvviso.

"Lui chi??" le chiesi confusa

"Lui, lui, con la L maiuscola."

"Vorresti dirmi che non c'è un lui in tutta questa storia?" disse Ornella sgomenta e poi aggiunse: "Mmm, qui ci vuole il tocco della mia mano, dobbiamo rimediare."

Quelle parole pronunciate a voce bassa mi riportarono alla realtà e alle vecchie abitudini di Ornella di impicciarsi delle vite altrui.

“No, grazie,” risposi allarmata “non ho bisogno di un altro cugino di secondo, terzo o quarto grado di Edoardo. Adesso sto vivendo un sogno; sono coccolata, e mi sento protetta. Sto imparando tante cose. Amela vuole che prenda le redini del negozio dei profumi. Il mio fare pacato e gentile le piace. Lei, invece, si dedicherà alle sue collezioni di moda e al marketing.”

“Bianca,” mi interruppe Ornella, bruscamente “mi è giunta la voce che la casa di moda Ameddav terrà una cena di gala. Siamo stati invitati anche io ed Edoardo. Sfoggerò con orgoglio il mio vestito nero tempestato di cristalli, regalatomi con i complimenti sinceri dalla nostra cara Amela.”

L’ennesima gomitata accompagnò una sonora risata, ricordandomi subito l’episodio.

"Amela carissima, le notizie corrono veloci, anche in questa parte del mondo" la telefonata di Davide era improvvisa e nascondeva una velata nota di preoccupazione .

"Hai trovato una cugina di primo grado? Così, all'improvviso? Non vorrei che fosse un'imbrogliona. Il tuo è un enorme patrimonio. Ti spezzerebbe il cuore. Non avrei dovuto partire e lasciarti da sola a sbrigare troppe cose. Lo so che sei una donna decisa e non hai bisogno di una guardia del corpo, però, in questo momento delicato, credo proprio che tu abbia bisogno di un consigliere sincero."

"Va tutto bene Davide," la risposta calma di Amela lo spiazzò "dedicati pure con tranquillità ai nostri clienti. Prometto che ti farò conoscere mia cugina alla cena di gala."

Amela entrò nella stanza prendendo delicatamente Bianca sotto il braccio.

“Oggi andiamo alla boutique a scegliere un vestito adatto alla tua prima cena di gala. Un modello dell'ultima collezione. Il parrucchiere e la truccatrice faranno il resto. Ti presenterò come la nostra stella nascente e al tuo marketing ci penserò io” Amela mi fece un occhiolino e aggiunse: “Sei pronta?”

Annuii senza pronunciare una parola.

Ormai la mia vita passata mi sembrava un vago ricordo e più passavano i giorni, più mi piaceva questa nuova vita, piena di certezze e nuove scoperte.

Sbirciai nella sala illuminata a giorno. I tavoli rotondi erano coperti con candide tovaglie damascate, in tinta con i tovaglioli pregiati, piegati dalla parte giusta del piatto. Sul lato sinistro del piatto una sfilza di posate ornava ogni posto assegnato, e i bicchieri di cristallo luccicavano sotto le lucine del centro tavola, fatto a forma di bouquet, poco profumato per non trarre in inganno i palati più esigenti. Il tema della serata era la presentazione della nuova collezione, delle nuove leve dirigenziali dell'azienda e assegnazione dei meriti per il lavoro svolto. Dall'alto della balaustra vidi arrivare, poco a poco, gli ospiti che si accomodavano nei posti assegnati. Ornella, elegantissima nel suo vestito lungo nero, ormato di cristalli, e il suo Edoardo erano seduti al tavolo principale. Edoardo non aveva occhi che per lei e stavano mano nella mano.

"Sei meravigliosa, cara cugina!" esclamò Amela non appena mi vide scendere le scale.

"Ci potrebbero scambiare per sorelle gemelle." Aggiunsi strizzandole l'occhio.

Quasi non mi riconoscevo allo specchio: fasciata in un lungo tubino blu scuro in organza di seta stampata, con un trucco discreto, ero elegante e sofisticata. Questa immagine un po' mi spaventava, ma allo stesso tempo mi piaceva da morire.

"*Sono pronta*" dissi a me stessa "*mandiamo in soffitta la vecchia stracciona solitaria e diamo il benvenuto alla nuova me!*"

Le luci della sala brillavano e le teste, si giravano al nostro passaggio. Amela salutava tutti con un leggero cenno di testa, soddisfatta da tanto clamore, e da tanta curiosità e interesse scatenati della mia presenza.

Mentre ci stavamo avvicinando al nostro tavolo, d'un tratto si materializzò Ornella, e mi trascinò verso la toilette, bisbigliando una scusa ridicola all'incredula Amela, con la promessa di riportarmi subito al nostro tavolo.

"Scusa Bianca, ho dovuto farlo, è per il tuo bene" disse Ornella tutto d'un fiato, mentre stava cercando di spiegarmi quel gesto folle nel bel mezzo della sfilata.

Una volta arrivate alla toilette, Ornella aprì velocemente la sua borsetta nera e mi gettò addosso la rimanenza di un flaconcino pieno di peperoncino, zucca e carota. Rimasi immobile nel mezzo della stanza, tutta bagnata.

"Ornella!" bisbigliai incredula

" Che cosa stai facendo? Sono tutta fradicia!"

Ero sbalordita da quel comportamento strano, allarmata da tutto quel profumo che mi colava lungo la schiena.

"Non c'è niente di strano in tutto questo, Bianca" disse Ornella pacatamente "sto soltanto cercando di darti una mano e facilitare la tua prossima conquista."

"Conquista? Ma di che cosa stai parlando? Aiutami, invece, ad asciugarmi..."

"Bianca," continuò Ornella

"lo sai benissimo che questo profumo funziona. Anzi, è un afrodisiaco meraviglioso. Chi lo indossa attrae solo le persone giuste. Vedi quello che è successo a me. Ho conosciuto una persona meravigliosa che mi ha resa molto felice, quando ormai pensavo di aver chiuso con tutti gli uomini. Sto vivendo una storia d'amore, con il mio adorato Edoardo, degna di questo nome. Lui è tutto quello che mio marito non era; premuroso, dolce, attento e pieno d'amore."

"Ornella, lo sai benissimo che c'è voluto del tempo per la conquista di Edoardo, insieme a tutti i miei flaconcini svuotati risposi io, stizzita.

"Però di questo penultimo flaconcino, trafugato di nascosto, non mi avevi detto niente, eh??"

Ornella diventò rossa come i suoi capelli, e rispose a voce bassa che era solo ai fini del mio bene e poi aggiunse:

"Basta con le frivolezze. Queste sono cose serie. Ascoltami attentamente Bianca! Non appena torniamo al tavolo preparati a conoscere un bel ragazzo. Credo sia proprio il tuo tipo. Comunque, sei ben fornita di peperoncino, zucca e carota. Sarà un gioco da ragazzi farlo cadere ai tuoi piedi!"

Scoppiai a ridere e le diedi un bacio affettuoso sulla guancia, la presi sottobraccio e sorridendo e ci incamminammo verso la sala sfavillante.

"Ah eccoti qua, cuginetta cara!"

Amela era pronta per iniziare gli annunci.

"Prima dell'inizio della cerimonia vorrei presentarti il mio socio, nonché il mio fidatissimo amico, Davide."

Ci fu uno lungo scambio di sguardi increduli.

Quei due occhi che sognavo ormai da quella lontana serata al cinema, si presentarono davanti a me in tutto il loro splendore.

Deglutii un paio di volte prima di pronunciare una semplice frase di cortesia, ma non potevo nascondere il mio imbarazzo e la dolce tensione che mi pervadeva tutto il corpo.

Davide mi guardava sorpreso. Fisicamente assomigliavo molto ad Amela, ma allo stesso tempo ero così diversa da lei. Ero molto più fragile e delicata. I miei lineamenti erano più morbidi e lo sguardo sincero senza alcuna malizia.

"Il piacere è tutto mio Bianca, sei una donna bellissima," disse Davide senza togliermi gli occhi di dosso e aggiunse: "L'ultima volta che mi sono sentito così in imbarazzo ero alle mie prime conquiste adolescenziali."

Lo guardavo affascinata, pervasa da quella dolce sensazione di trovarmi davanti al mio Principe Azzurro.

E perdendo il senso della realtà lo dissi sottovoce: "Ecco il mio Principe Azzurro."

Sentì anche Davide e rise divertito, ormai conquistato dalla mia sincerità.

Fingendo di estrarre una spada, Davide esclamò solennemente:

"Il Principe è ai suoi piedi" e poi abbassando la voce proseguì: "Non mi giudicare male: mi piacciono le storie d'amore e vado pazzo per i vecchi film strappalacrime" e scoppiò in una risata allegra ma poi, d'un tratto, si fermò, mi scrutò, sorrise maliziosamente e si avvicinò al mio orecchio sussurrandomi dolcemente:

"Adesso non mi scappi più mia bellissima "stracciona" del cinema, avvolta in carota, zucca e peperoncino. Io ci andrei piano con quest'essenza, potresti non liberarti più di me."

"Correrò il rischio" dissi sorpresa dalla mia audacia. Presi il calice di champagne dalle mani di Davide e CIN, CIN; nella sala echeggiò il nostro brindisi solitario.

Ornella ci guardava con occhi lucidi.

Era trionfante.

Adesso aveva la piena conferma del potere magico del profumo.

Amela sorrideva tutta soddisfatta, contenta della riuscita del suo esperimento, di riunire me e Davide, due anime gemelle ancora ignare del legame del destino che ci aveva unito. Cercava, a modo suo, di rimediare, almeno in parte, il torto fatto dalla sua famiglia a me e a mia madre. Si era ricordata dell'episodio del cinema e aveva intuito che la "stracciona" descritta da Davide ero io. D'altronde, si intendeva di chimica ma, soprattutto, quante cugine che si assomigliavano così tanto potevano esserci in una sola città?

Ornella, invece, non l'aveva capito affatto, ma questa è tutta un'altra storia.

www.ingramcontent.com/pod-product-compliance
Ingram Content Group UK Ltd.
Pitfield, Milton Keynes, MK11 3LW, UK
UKHW021934190726
13853UKWH00004B/1446

9 798774 981403